BRAVO!

_____

est capable de lire ce livre!

Catalogage avant publication de Bibliothèque et Archives Canada

Titre: Pat le chaton et le super bolide / James Dean, Kimberly Dean ;
texte français de Karine Lalancette.
Autres titres: Ready, set, go-cart! Français
Noms: Dean, James, 1957- auteur, illustrateur. | Dean, Kimberly, 1969- auteur.
Collections: Je lis avec Pat le chat.
Description: Mention de collection: Je lis avec Pat le chat | Traduction de : Ready, set, go-cart!
Identifiants: Canadiana 20220260958 | ISBN 9781443199414 (couverture souple)
Classification: LCC PZ23.D406 Pas 2023 | CDD j813/.6—dc23

Édition publiée par les Éditions Scholastic, 604, rue King Ouest, Toronto (Ontario) M5V 1E1,
Canada, avec la permission de HarperCollins Publishers.

5 4 3 2 1   Imprimé au Canada 119   23 24 25 26 27

Je lis avec Pat le chat

Pat le chaton et le SUPER BOLIDE

Kimberly et James Dean

Texte français de Karine Lalancette

SCHOLASTIC

Pat adore les bolides.

Ils sont super rapides!

Pat veut fabriquer un
bolide qui va vraiment vite!

Pat cherche une boîte pour
construire son bolide.

Il trouve une vieille boîte
en bois.

— Elle est parfaite! dit-il.

Pat s'assoit dans la boîte.

— Vroum! dit-il.

Mais il ne peut pas voir la route.

Il manque quelque chose.

— Il faut un siège! dit Max.

Pat et Max cherchent un siège.

Max trouve une vieille chaise.

La chaise est parfaite!
Les amis l'installent dans
le bolide.

Pat s'assoit dans le bolide.

— Vroum! dit-il.

Mais le bolide n'avance pas.

Il manque quelque chose.

— Il faut des roues! dit Katia.

Pat, Max et Katia cherchent
des roues.

Katia trouve un vieux chariot.

Les roues sont parfaites!
Les amis les installent sur
le bolide.

Le bolide roule un peu.

— Vroum! dit Pat.

Mais son bolide est trop lent.

Il manque quelque chose.

— Pour aller vite, il faut
que tu descendes une pente,
dit Katia.

Pat et ses amis cherchent
une pente.
Katia en trouve une petite.

Max en trouve une plus raide.

Pat en trouve une
encore plus raide.

Pat et ses amis
poussent le bolide
jusqu'en haut de la pente.

À vos marques! Prêts?

— Attendez! dit Pat.

— Il manque quelque chose,
dit Pat.

— Quoi? demande Max.

Le bolide a
une boîte.

Il a un siège.

Et il a des roues.

— Il faut des couleurs cool!
dit Pat.

Pat peint des lignes
cool sur son bolide.
Et voilà, le tour est joué!

À vos marques!

Prêts?

Partez!

Le bolide commence
à descendre la pente.

Puis il accélère.

Il va de plus en plus vite!

— Vroum! dit Pat.

Son bolide est super rapide!

Les amis de Pat le félicitent.

— Bravo Pat, tu as réussi!

— Nous avons réussi

ensemble! répond Pat.

Pat aime beaucoup son
nouveau bolide. Mais il
aime encore plus ses amis!